YEH-HSIEN

retold by Dawn Casey

illustrated by Richard Holland

Spanish translation by Marta Belén Sáez-Cabero

Cuentan los antiguos pergaminos que hace tiempo, en el sur de China, vivía una chica que se llamaba Yeh-hsien. Ya de niña era lista y amable. Al crecer afrontó una gran desgracia, ya que su madre murió, y a esta le siguió su padre. Yeh-hsien quedó al cuidado de su madrastra.

Pero la madrastra tenía una hija propia, y no amaba a Yeh-hsien. Apenas le daba de comer y la vestía con andrajos y harapos. Obligaba a Yeh-hsien a recoger leña en los bosques más peligrosos y a sacar agua de los estanques más profundos. Yeh-hsien sólo tenía un amigo…

Long ago in Southern China, so the old scrolls say, there lived a girl named Yeh-hsien. Even as a child she was clever and kind. As she grew up she knew great sorrow, for her mother died, and then her father too. Yeh-hsien was left in the care of her stepmother.

But the stepmother had a daughter of her own, and had no love for Yeh-hsien. She gave her hardly a scrap to eat and dressed her in nothing but tatters and rags. She forced Yeh-hsien to collect firewood from the most dangerous forests and draw water from the deepest pools. Yeh-hsien had only one friend…

…un pececito con aletas rojas y ojos dorados. Al menos, era diminuto cuando lo encontró Yeh-hsien. Pero alimentó al pez con comida y con amor, y en poco tiempo se hizo de un tamaño enorme. Siempre que visitaba su estanque, el pez sacaba la cabeza del agua y la apoyaba en la orilla, a su lado. Nadie conocía su secreto. Hasta que, un día, la madrastra le preguntó a la hija: "¿A dónde va Yeh-hsien con sus granos de arroz?"
La hija sugirió: "¿Por qué no la sigues y lo descubres?"

Así que, detrás de una mata de juncos, la madrastra esperó y vigiló. Cuando vio irse a Yeh-hsien, metió la mano en el estanque y la agitó. "¡Pececito! ¡Pececito!", cantó. Pero el pez se quedó a salvo bajo el agua. "¡Enclenque criatura!", maldijo la madrastra. "Ya te pillaré…"

…a tiny fish with red fins and golden eyes. At least, he was tiny when Yeh-hsien first found him. But she nourished her fish with food and with love, and soon he grew to an enormous size. Whenever she visited his pond the fish always raised his head out of the water and rested it on the bank beside her. No one knew her secret. Until, one day, the stepmother asked her daughter, "Where does Yeh-hsien go with her grains of rice?"
"Why don't you follow her?" suggested the daughter, "and find out."

So, behind a clump of reeds, the stepmother waited and watched. When she saw Yeh-hsien leave, she thrust her hand into the pool and thrashed it about. "Fish! Oh fish!" she crooned. But the fish stayed safely underwater. "Wretched creature," the stepmother cursed. "I'll get you…"

"¡Cuánto has trabajado!", le dijo la madrastra a Yeh-hsien ese día más tarde. "Te mereces un vestido nuevo". E hizo que Yeh-hsien se quitara el vestido andrajoso. "Hala, vete y coge agua del arroyo. No te apresures en volver".

En cuanto Yeh-hsien se hubo marchado, la madrastra se puso el vestido roto y corrió hacia el estanque. Escondido en su manga llevaba un cuchillo.

"Haven't you worked hard!" the stepmother said to Yeh-hsien later that day. "You deserve a new dress." And she made Yeh-hsien change out of her tattered old clothing. "Now, go and get water from the spring. No need to hurry back."

As soon as Yeh-hsien was gone, the stepmother pulled on the ragged dress, and hurried to the pond. Hidden up her sleeve she carried a knife.

Al día siguiente, cuando Yeh-hsien llamó a su pez no halló respuesta. Cuando le llamó de nuevo su voz sonó extraña y aguda. Su estómago parecía encogido. Tenía la boca seca. A cuatro patas Yeh-hsien apartó las lentejas de agua, pero lo único que vio fueron guijarros brillando al sol. Y entonces supo que su único amigo se había ido.

Entre lloros y gemidos, la pobre Yeh-hsien se desplomó y ocultó la cabeza entre sus manos. Por eso no vio al anciano que descendía flotando desde el cielo.

The next day, when Yeh-hsien called for her fish there was no answer. When she called again her voice came out strange and high. Her stomach felt tight. Her mouth was dry. On hands and knees Yeh-hsien parted the duckweed, but saw nothing but pebbles glinting in the sun. And she knew that her only friend was gone.

Weeping and wailing, poor Yeh-hsien crumpled to the ground and buried her head in her hands. So she did not notice the old man floating down from the sky.

Una leve brisa acarició su frente, y con los ojos enrojecidos Yeh-hsien levantó la vista. El anciano la miró. Llevaba el pelo suelto y su ropa era ordinaria, pero sus ojos estaban llenos de compasión.

"No llores", le dijo suavemente. "Tu madrastra mató a tu pez y escondió las espinas en un montón de estiércol. Vamos, ve y coge las espinas del pez. Contienen una magia poderosa. Aquello que desees, te lo concederán".

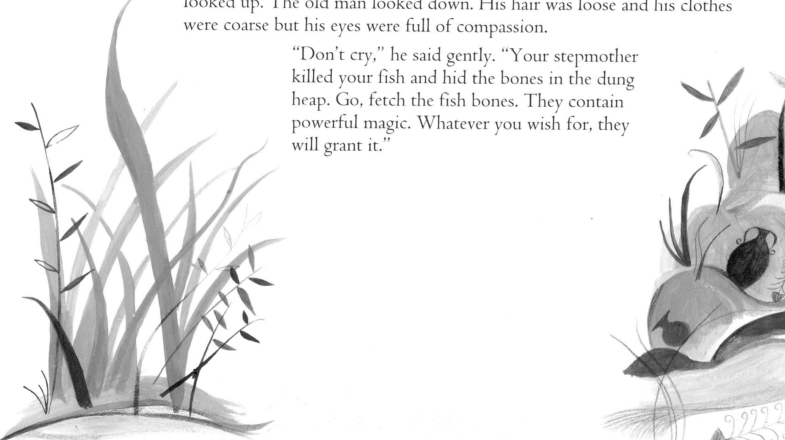

A breath of wind touched her brow, and with reddened eyes Yeh-hsien looked up. The old man looked down. His hair was loose and his clothes were coarse but his eyes were full of compassion.

"Don't cry," he said gently. "Your stepmother killed your fish and hid the bones in the dung heap. Go, fetch the fish bones. They contain powerful magic. Whatever you wish for, they will grant it."

Yeh-hsien siguió el consejo del sabio y escondió las espinas del pez en su habitación. A menudo las sacaba y las abrazaba. En su mano podía notar lo suaves, frías y pesadas que eran. Casi siempre se acordaba de su amigo. Pero a veces, pedía un deseo.

Ahora Yeh-hsien tenía toda la comida y la ropa que necesitaba, además de jade precioso y perlas claras como la luna.

Yeh-hsien followed the wise man's advice and hid the fish bones in her room. She would often take them out and hold them. They felt smooth and cool and heavy in her hands. Mostly, she remembered her friend. But sometimes, she made a wish.

Now Yeh-hsien had all the food and clothes she needed, as well as precious jade and moon-pale pearls.

Poco después el aroma de los ciruelos en flor anunció la llegada de la primavera. Era la época del Festival de la Primavera, donde la gente se reunía para honrar a sus antepasados, y los hombres y mujeres jóvenes esperaban encontrar esposas y maridos.
"¡Ay, cómo me gustaría ir!", dijo Yeh-hsien suspirando.

Soon the scent of plum blossom announced the arrival of spring. It was time for the Spring Festival, where people gathered to honour their ancestors and young women and men hoped to find husbands and wives.
"Oh, how I would love to go," Yeh-hsien sighed.

"¡¿Tú?!", dijo la hermanastra. "¡Tú no puedes ir!"
"*Tú* tienes que quedarte y vigilar los frutales", le ordenó la madrastra.
Y eso fue todo. O lo hubiera sido si Yeh-hsien no hubiera estado tan empeñada.

"You?!" said the stepsister. "You can't go!"
"*You* must stay and guard the fruit trees," ordered the stepmother.
So that was that. Or it would have been if Yeh-hsien had not been so determined.

En cuanto la madrastra y la hermanastra se marcharon, Yeh-hsien se arrodilló ante las espinas y pidió un deseo. En seguida se le condeció.

Una toga de seda cubrió a Yeh-hsien, y su capa estaba adornada con plumas de martín pescador. Cada pluma tenía un brillo deslumbrante. Y, al moverse Yeh-hsien, cada una reflejaba todos los tonos imaginables de azul – añil, lapislázuli, turquesa y el azul que centelleaba en el estanque donde había vivido su pez. En sus pies llevaba unos zapatos dorados. Con la misma gracia con la que el sauce se balancea con el viento, Yeh-hsien se escabulló.

Once her stepmother and stepsister were out of sight, Yeh-hsien knelt before her fish bones and made her wish. It was granted in an instant.

Yeh-hsien was clothed in a robe of silk, and her cloak was crafted from kingfisher feathers. Each feather was dazzling bright. And as Yeh-hsien moved this way and that, each shimmered through every shade of blue imaginable – indigo, lapis, turquoise, and the sun-sparkled blue of the pond where her fish had lived. On her feet were shoes of gold. Looking as graceful as the willow that sways with the wind, Yeh-hsien slipped away.

Al acercarse al festival, Yeh-hsien sintió cómo el suelo temblaba con el ritmo del baile. Podía oler la tierna carne chisporrotear y el vino caliente con especias. Podía oír música, cantos y risas. Y allí dondequiera que mirara había gente pasándoselo de maravilla. Yeh-hsien sonrió de alegría.

As she approached the festival, Yeh-hsien felt the ground tremble with the rhythm of dancing. She could smell tender meats sizzling and warm spiced wine. She could hear music, singing, laughter. And everywhere she looked people were having a wonderful time. Yeh-hsien beamed with joy.

Mucha gente giró la cabeza hacia la hermosa desconocida.

"¿Quién *es* esa chica?", se preguntaba la madrastra, mirando fijamente a Yeh-hsien.

"Se parece un poco a Yeh-hsien", dijo la hermanastra, con el ceño fruncido.

Many heads turned towards the beautiful stranger.

"Who *is* that girl?" wondered the stepmother, peering at Yeh-hsien.

"She looks a little like Yeh-hsien," said the stepsister, with a puzzled frown.

Yeh-hsien notó la fuerza de sus miradas y se volvió, y se encontró cara a cara con su madrastra. Se le heló el corazón y su sonrisa desapareció. Yeh-hsien huyó con tanta prisa que se le salió uno de sus zapatos. Pero no se atrevió a detenerse para recogerlo, y corrió hasta llegar a casa con un pie descalzo.

Yeh-hsien felt the force of their stares and turned around, and found herself face to face with her stepmother. Her heart froze and her smile fell. Yeh-hsien fled in such a hurry that one of her shoes slipped from her foot. But she dared not stop to pick it up, and she ran all the way home with one foot bare.

Cuando la madrastra volvió a casa, encontró a Yeh-hsien dormida, con sus brazos rodeando uno de los árboles del jardín. Se quedó mirando durante un tiempo a su hijastra, y luego soltó una risotada. "¡Ja! ¿Cómo se me pudo ocurrir que *tú* fueras la mujer del festival? ¡Ridículo!" Y ya no pensó más en ello.

¿Y qué ocurrió con el zapato dorado? Se quedó escondido entre la alta hierba, mojado por la lluvia y cubierto de rocío.

When the stepmother returned home, she found Yeh-hsien asleep, with her arms around one of the trees in the garden. For some time she stared at her stepdaughter, then she gave a snort of laughter. "Huh! How could I ever have imagined *you* were the woman at the festival? Ridiculous!" So she thought no more about it.

And what had happened to the golden shoe? It lay hidden in the long grass, washed by rain and beaded by dew.

Por la mañana, un hombre joven paseaba entre la nicbla. El brillo del oro le llamó la atención. "¿Qué es esto?", dijo boquiabierto mientras levantaba el zapato. "Algo especial…" El hombre llevó el zapato a la isla vecina, To'han, y se lo entregó al rey.

"Este zapato es exquisito", dijo el rey, maravillado mientras lo giraba en su mano. "Si puedo encontrar a la mujer a la que le encaje un zapato así, habré encontrado una esposa". El rey ordenó a todas las mujeres de su palacio que se probaran el zapato, pero era demasiado pequeño incluso para el pie más diminuto. "Buscaré por todo el reino", juró. Pero no encajaba en ningún pie.
"Debo encontrar a la mujer a la que le encaje este zapato", declaró el rey. "¿Pero cómo?" Finalmente se le ocurrió una idea.

In the morning, a young man strolled through the mist. The glitter of gold caught his eye. "What's this?" he gasped, picking up the shoe, "…something special." The man took the shoe to the neighbouring island, To'han, and presented it to the king.

"This slipper is exquisite," marvelled the king, turning it over in his hands. "If I can find the woman who fits such a shoe, I will have found a wife." The king ordered all the women in his household to try on the shoe, but it was an inch too small for even the smallest foot. "I'll search the whole kingdom," he vowed. But not one foot fitted.
"I must find the woman who fits this shoe," the king declared. "But how?"
At last an idea came to him.

El rey y sus sirvientes colocaron el zapato en la cuneta. Luego se escondieron y observaron si venía alguien a reclamarlo.

Cuando una chica harapienta se escabulló con el zapato, los hombres del rey pensaron que era una ladrona. Pero el rey se fijó en sus pies.

"Seguidla", dijo el rey en voz baja.

"¡Abran!", gritaban los hombres del rey mientras aporreaban la puerta de Yeh-hsien.

El rey registró las habitaciones más recónditas y encontró a Yeh-hsien. Tenía en su mano el zapato dorado.

"Por favor", dijo el rey, "póntelo".

The king and his servants placed the shoe by the wayside. Then they hid and watched to see if anyone would come to claim it.

When a ragged girl stole away with the shoe the king's men thought her a thief. But the king was staring at her feet.

"Follow her," he said quietly.

"Open up!" the king's men hollered as they hammered at Yeh-hsien's door.

The king searched the innermost rooms, and found Yeh-hsien.

In her hand was the golden shoe.

"Please," said the king, "put it on."

La madrastra y la hermanastra observaron boquiabiertas mientras Yeh-hsien se retiraba a su escondite. Cuando regresó, llevaba puestos su capa de plumas y los dos zapatos dorados. Estaba tan hermosa que parecía un ser celestial. Y el rey supo que había encontrado a su amor.

Y así Yeh-hsien se casó con el rey. Hubo faroles y carteles, gongs y tambores, y los manjares más deliciosos. Las celebraciones duraron siete días.

The stepmother and stepsister watched with mouths agape as Yeh-hsien went to her hiding place. She returned wearing her cloak of feathers and both her golden shoes. She was as beautiful as a heavenly being. And the king knew that he had found his love.

And so Yeh-hsien married the king. There were lanterns and banners, gongs and drums, and the most delicious delicacies.
The celebrations lasted for seven days.

Yeh-hsien y su rey tenían todo lo que podían desear. Una noche enterraron las espinas del pez en la orilla del mar desde donde fueron arrastradas por la marea.

El espíritu del pez era libre: libre para nadar por siempre jamás en mares bañados por el sol.

Yeh-hsien and her king had everything they could possibly wish for. One night they buried the fish bones down by the sea-shore where they were washed away by the tide.

The spirit of the fish was free: to swim in sun-sparkled seas forever.